うちのかみさん

癒し太郎

幻冬舎MC

うちのかみさん

はじめに

私は大学卒業後、財閥系生命保険会社に就職した。

夢があったわけではなく、小さい頃「サラリーマンは気楽な稼業ときたもんだ」という歌が流行っていて、それでサラリーマンになろうと決めていた。

大学生の頃は、学校の成績もパッとせず、バドミントン部の主将をやっていたことしか自慢できることがなかった。今の時代なら就職は難しかったであろう。

そんな甘い考え方の私を待ち構えていたのは、生命保険会社の激務であった。

ただそれでも、モーレツな時代を乗り越え、六十歳の定年まで勤め、それから保険代理店を立ち上げ現在に至っている。

今にして思えば、家内に出会えたお陰である。

私が家内と結婚したのは二十八歳のときである。見合い結婚だった。

当時大阪に勤務しており、見合いのために熊本に帰って初めて会った。

当時は携帯電話がない時代、手紙と電話で攻勢をかけ、半年で結婚にこぎつけた。

あれから四十年。子供も二人授かり、今や孫が五人もいる。

この間、涙あり笑いありの人生で苦労も多かったが、家内の明るい性格にも助けられ、幸せに今日まで過ごすことができたと思う。

家内はときどき面白いことを言うので、それを私は書き留めていた。今読み返すと、当時の思い出と共に、笑いがこみ上げてくる。

この言葉の数々は、小さいことは気にしない、家内の明るい性格から紡ぎだされた言葉なんだろうと思う。

今の世の中、新型コロナウイルスの影響で多くの人たちがストレスや不安を抱え、気持ちが暗くなる日々を送っているのではないだろうか。

そこで、家内の面白い言葉の数々を皆さんに披露して笑ってもらったらストレス発散につながるのでは、と思ったのである。

笑う門には福来たる、という。笑うと免疫力が高まり、健康にいいと言われている。

大いに笑ってコロナに負けないでほしいと思う。

少しでも皆さんの笑いを誘い、ストレス発散などに貢献できて、世の中が明るく元気になれば幸せである。

私は、相田みつをさんの「うばい合えば足らぬ　わけ合えばあまる」という言葉が好きだ。

東日本大震災の後、復興の合言葉となったそうだ。

相田みつをさんの言葉は温かでやさしく、人々の心に響くから大好きだ。自然災害やコロナ禍などで困っている人に手を差し伸べようという気にさせてくれる。

私も困っている人がいれば助けたい。またそんな世の中でありたいと思う。

最後に、この本の印税は、コロナで困窮している学生や、生活に困っているシングルマザーの方々に寄付したいと思っている。

癒し　太郎

目次

第一章　子供が小さい頃の話

保険会社は転勤が多い。結婚してからも熊本、東京、横浜、長崎など各地を転々とした。

熊本で勤務していたときに長女と長男が生まれた。

地元だったのでずいぶん親の世話にもなった。

特に家内の母親には子供の面倒を見てもらった。

子供が小さいうちは家族帯同だったが、次第に子供が大きくなって中学、高校となると単身赴任となった。

行った先々でいろいろな人との出会いがあり、その地での生活を楽しむことができた。

そして、家内のお陰で明るい家庭を築くことができた。

そんな中で生まれた家内の面白い言葉の数々である。

*

1／もったいないおばけ

我が家では子供たちは食べ物を残さない。

子供たちが二〜三歳の頃、残すと、家内は「もったいないおばけが出るよ」と言って、「もったいなーい。もったいなーい。ひゅうードロドロ」とおばけの恰好をして驚かす。

子供たちは「キャー怖い」と言って逃げ回る。

毎回毎回そんなことをやるので食べ物を残さない。

子供たちは自分たちの子供が生まれると、同じことをしたので、孫たちも食べ物を残さない。

小さい頃の教育は効果抜群だな。

2／送別会

下の子が幼稚園を卒園したときの話である。

当時、横浜の大倉山に住んでいた。

借り上げ社宅として借りていたマンションのオーナーが帰ってくることになり、別の遠くの社宅に引っ越すことになった。

家内には仲良しのママ友が沢山いて、送別会で涙、涙の別れだったらしい。

しばらくして、会社の不手際で、その社宅が確保されていないことがわかった。

そこで慌てて代わりの部屋を探すことになった。

運よく、今まで住んでいたマンションの下の階に空きがありそこへ引っ越した。

親しいママ友たちは大笑いして、「あのときの涙、返してよ」のコールが止まらなかったらしい。

しかも小学校の入学式で、同じ幼稚園に通っていたママ友たちからも「あら、引っ越したんじゃなかったの?」と質問攻めにあい、しばらくはオッチョコチョイの有名人になったらしい。

家内は私に「あなたの会社のお陰で、私は恥をかいたよ。送別会までやってもらったのにどうしてくれるの」と言う。

それで「ごめん、ごめん。みんなに覚えてもらって有名人になったからいいじゃない」と言った。

それから一年後、今度は長崎に転勤になり本当に引っ越すことになった。

送別会のとき「今度は本当に引っ越すんだよね?」とみんなに言われ、大笑いの楽しい別れとなったらしい。

3／今度生む

息子が小学二年生のとき、私たちは長崎にいた。

借り上げ社宅で家は大きかった。

ある日、寝室でコンドームを見つけてきた息子が「お母さん、これなあに」と聞いてきた。

家内は「これはね、今度生むといってね、赤ちゃんができないようにするのよ」とうまいことを言っている。

「ふーん」と、息子はわかったようなわからないような。

それからおもむろに廊下でうさぎ跳びを始めた。

「今度生む」「今度生む」「今度生む」と調子をとりながら。

家内と私は顔を見合わせて笑い転げてしまった。

しかし、ママ友が遊びに来ているときにうさぎ跳びをしないでくれよな。

息子は小学校のソフトボールチームに入っていた。

「お母さん。ソフトボールチームの監督は、確かうさぎ跳びをよくさせてなかったっけ」

「やばっ」

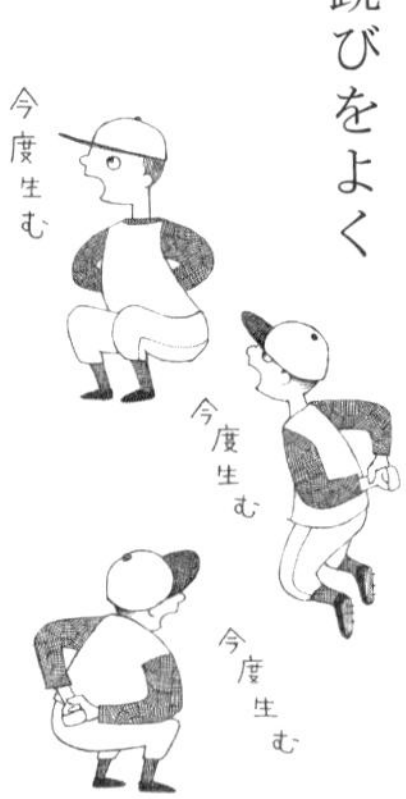

4 検便

今の時代に検便があるかどうかはわからないが、私たちの時代は確かにあった。

提出の朝、小学生の娘は便秘気味でウンチが出ない。

「お母さんどうしよう。出ないよ」と言う。

家内は「しょうがないでしょ。お父さんの持っていけば」と言っている。おいおい、俺の持っていってどうすんだよ。

5 アロエリーナ

家内は草花が好きである。見るだけでホッとするそうだ。

だから庭のある家では、花を植えたり、鉢植えの植木を買ったりして楽しんでいる。

「お父さん、鉢植えの植木に水やって」

「うんわかった」と水をやっていると、

「ダメダメ、そんなんじゃダメ。ちゃんと愛情持って水やらないと育たないわよ。名前を呼んで水をやるのよ」

「平次、早く大きくなってお金を生んでね」

「ヒョロ、最近元気ないわね。もっとすくすく伸びなさい」

「レディー、あんた上品だね。いつもきれいでいるのよ」

「アロエリーナごめんね。あんたこの頃食べられてばかりで」

「おかげでお父さん最近中性脂肪が減ったみたいよ」

「テレビでアロエが中性脂肪にいいらしいと報道されてから、あんたはやせ細る一方ね」

と呼びかけながら水をやっている。

金のなる木は銭形平次らしい。ヒョロは宗呂竹（シュロチク）という中国の竹。レディーは胡蝶蘭。アロエリーナはアロエらしい。

なんともほほえましい光景だこと。

子育ても同じだな。

水はやらないと育たないけど、やりすぎると枯れてしまう。

最近思うに、自分で何事も決められない若者が増えている。

生命保険を勧めたとき、最後は「親に相談して返事します」と言う。

「はあっ、生命保険一つ加入するのに、親に相談しないと決められないのか！」と言いたいところだけれど、そこはぐっとこらえて、「じゃあ相談して決めてください」と言って引き下がる。

これでは、日本は将来沈没してしまうのではと心配になる。

最近の子供は親離れできていない。

子供がかわいいのはわかるが、親が何でも手を差し伸べてしまう。

これでは子供がだめになってしまうということがわかっていない。

早く子離れしてほしい。

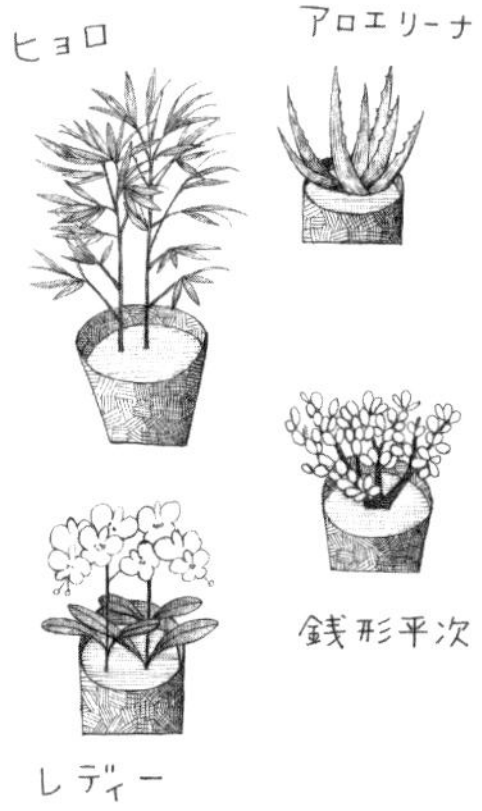

6／お父さんだったら

息子が小学二年生のとき、女の子と遊んでいてふざけて押したら、その子が転んで額に少し傷がついたらしい。それで家内は、息子を連れてその子の家に菓子折りを持って謝りに行った。

相手の母親は「女の子の顔に傷つけてどうしてくれるの。そんな菓子折りなんか持ってきて謝ったって受け取れないわよ」とカンカンに怒っている。

さんざん怒られ、ついに家内もぶち切れて、「息子も反省し、一緒に来てごめんなさいと謝っているのに、じゃあどうやって誠意を示せばいいんですか。奥にお父さんいるんだったら出てきてください」と逆襲。

奥から父親が出てきた。

「お父さんだったら、どうしたらいいと思いますか。他の誠意の示し方教えてください。その通りやりますから。とにかくこのお菓子は受け取ってください」と言って帰ってきたらしい。

相手の父親はオロオロしていたらしい。

そのお母さんは近所では評判のうるさい人だったらしいが、次の日からみんなにやさしく接するようになったそうだ。

家内は普段は温厚でやさしいが、いざというときは豹変する。実におっかない。

こんな怖いやつを俺は妻にしているのか。

でも子供にとっては頼もしいお母さんだろうなきっと。

7／リスク

家内は家計簿をつけるでもなし、新聞を読むでもなし。経済のことにはまったく関心がない。

「家計簿くらいつけなさいよ」と言っても、「いいじゃないの赤字になってないんだから」とどこ吹く風。

ある日「お母さん、外貨預金でもしようか」と言ったら「リスクが大きいんじゃないの」と言うではないか。

私は知ってるのかと思って「どんなリスク」と尋ねたら「知らん」と一言。

「おいおい」

だから私はお金の管理は任せられない。

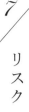

8 トイレ

家内は鼻が利く。前世は犬ではないかと思うほど鼻が利く。
例えば私がくしゃみをする。しばらくして、その場に後から来て
「お父さんくしゃみしたね。くさい」と言う。
ある朝私がウンチをした後、家内がトイレに入った。
「うわー、くっさー。この世のものとは思えない」と騒いでいる。
ほんとに鼻が低いくせに性能だけはいいんだから。

9／サラリーマン川柳

我が家では毎年サラリーマン川柳が発表されるのを楽しみにしている。実におかしい。

「お父さん、第一生命のサラリーマン川柳って面白いね」

「我が家では　子供ポケモン　パパのけもん、だって。アッハッハッ」と笑っている。

「何言ってんだよ。我が家では　子供ボケモン　ママバケモン、じゃないか」と久しぶりに言い返してやった。

するとも「バケモンの亭主はあんただよ」と言われ、倍返しされた。

ぎゃふん！

10／花粉症

花粉の時期になると憂鬱だ。家内の花粉症は相当なものだ。
「ヘクション。ヘクション。ヘークション」とくしゃみの連続である。
あんまりくしゃみばかりするから「うるさい」と怒鳴った。
すると今度はさらに大きなくしゃみで、
「ヘークション大魔王」と来た。
なんと明るい家内だこと。我が家はこの明るさに救われてるところもあるんだが。

11 だめ、だめよ、いけないわ

三田佳子と吉田栄作のサスペンスドラマで、吉田栄作が三田佳子に口づけしようとするシーンがあった。

三田佳子が「だめ、だめよ、いけないわ」と言った。

家内が見ていた。

「いいなぁ。一度でいいから、だめ、だめよ、いけないわと言ってみたいわぁ」

「ぷっ。その顔で」

12／

給料日

給料が銀行振り込みになってから亭主の威厳が落ちてしまった。女房連中は銀行口座に振り込まれたお金を自分のものと勘違いしている。うちなどその最たるものだ。

毎月「お小遣い頂戴」と言って決まった額をもらっている。

この前も「お母さん、今日給料日だよ。小遣い」と言うと、わざとらしく「あんた今月それだけの働きしたぁ？」と渋々渡す。

「ありがとう」と言いながら、いったいどっちが働いてんだっけ？と考えてしまう。

13/ 宝くじ

いつも年末ジャンボを買ってはかない夢を抱いているのだが、当たったためしがない。

その年も買ってきたら、家内が「お父さん宝くじ買うのやめなよ。どうせ当たりゃしないんだから。お父さんが当たるのは食中毒くらいなもんよ」と言う。

「そういえば、この前生ガキ食ってあたったなあ」

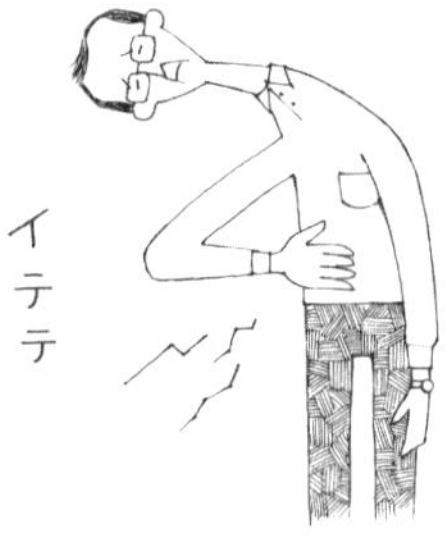

14／乗り越えられるように生んでおいたから

娘は、中学生の頃いじめられていたようだ。頭もよくないし、要領も悪い。ただ性格はいい。誰に対してもやさしい。いじめを受けていた子がかわいそうと思って、その子と仲良くしていたら、今度は自分がシカトされ、いじめにあったようだ。

元気がないし表情が暗いので、家内はいじめに気づいた。

「お母さんが守ってあげるから何でも話しなさい」

と言って、娘の話を聞いた家内は、

「大丈夫。お母さんは、あなたが少々つらいことがあっても乗り越えられるように生んでおいたから」と言ったようだ。

また「いじめがエスカレートして耐えられないようだったらお母さんに言いなさい。お母さんが学校に乗り込むから」と言って、娘も安心したようだ。

普段バカみたいなことばかり言っているが、肝心なときには、しっかりと母親としての役目を果たしている家内に、改めて尊敬の念を抱いた。子供が何でも話せるように、日頃からコミュニケーションを取っておくことが大事だなと家内に教えられた。

15／あら、そう

携帯が流行りだした頃は、ガソリンを入れるとタダでくれたり、商品のおまけについていたり、通信各社は通信料で稼ぐために、その普及にあの手この手を使っていた。

携帯は、年々進化していき小型化していった。

私はいつまでも古い携帯を使っていたので、社員に、「それなんですか？　トランシーバーですか、それともテレビのリモコンスイッチですか？」とバカにされたことがある。

カメラつきの携帯まで出てきた。

娘が「お母さん、カメラつき携帯買っていい？」と尋ねたら、「この前買ったばかりじゃない。いい加減にしなさいよ」とにべもない。

娘は「でも百円だよ」と言うと、「あら、そう。じゃいいわよ」だって。まったく現金な奴だ。

16/ よかて

家内の母親が熊本から上京してきた。

私も家内も熊本の人間だから、家中熊本弁だらけである。

家内が母親にお小遣いをあげようとしたら「よかて。もうよかて。そぎゃんこつばせんでよかて」と言う。

翻訳すると「いいよ。もういいよ。そんなことしなくていいよ」と言う意味である。

母親が帰ったあとも家内は、このよかてをよく使う。

娘が「お母さん洋服買っていい?」と聞くと、家内は「よかて。そぎゃんと買わんでよかて」と言って逃げている。

私が飲みに行くからお金頂戴と言っても、「よかて、飲みにいかんでよかて」と言う。

「頼むからよかて、よかてはもう使わんでよかて」

17 あなたの遺伝子が邪魔してる

「若い頃、娘より私の方が美人だったよね」と言う。

思わず、「そうだねお母さんの方がきれいだったね」と言った後で「ん。それって俺の遺伝子とかけ合わさって娘はブスになったってことか?」

「あら、ようやく気づいたの? そうよ。あなたの遺伝子が邪魔してるのよ」と言う。

18／指輪

家内は結婚指輪をしていない。

結婚式当日、式が終わった後、トイレで手を洗うときに外してそのまま忘れてきた。

すぐ取りに戻ったがもうない。

誰か拾って届けてくれるだろうと思っていたが出てこなかった。

それで仕方がないので私の指輪を家内にあげることにした。

指の大きさがあまり変わらなかったので、しばらく家内は私の指輪をつけていた。

結婚して少し痩せたせいか、指輪がゆるゆるになっていた。

あるとき、買い物に行って車のドアを閉めた拍子に、指輪がすっと指から抜けて飛んでいった。

落ちたところがどぶ川でわからない。

結局、結婚指輪は二つともなくなってしまった。指輪といえば、婚約指輪は家に大事にしまっていた。しかし、その指輪も泥棒に入られて盗まれてしまった。

なんと指輪に縁がないことか。

家内は悪びれることもなく「私は自由だ。指輪で私を縛ることはできないということよ。あっはっは」と笑っている。

19／家内の友達

横浜に住んでいた頃、家内はママ友が沢山できた。よくランチしたり、旅行に行ったりしたようだ。

中でも木下さん（仮名）と言う人はかなり大物のようだ。肝っ玉母さんと言うべきか。

家内はよく木下さんの話をする。

家内より面白い人だ。

ご主人とスーパーに買い物に行ったらしい。

ご主人は車で待っていた。

買い物が終わって車に帰ってきた木下さんは「はい、車出して」と言うが、いっこうに発進しない。

「早く出してよ」と運転席を見ると、鳩が豆鉄砲を食らったような顔をした知らない男の人が乗っている。

彼女は思わず「あんた誰?」と言ったらしい。

三台隣に同じ色をした車が止まっていて、そちらが木下さんの車で、乗る車を間違えたようだ。

他にも面白いエピソードを聞かされた。

ご主人と一緒にスーパーに入って、鮮魚コーナーで「お父さん、そんな安物買わないで。こっちの高い方がいいよ」と言ったらしい。すると、その男性は憮然として「俺はこっちでいいんだよ」と怒っていたらしい。

自分の旦那と間違えたようだ。

木下さんは堀ちえみ似のかわいい女性だが、実にそそっかしくて面白い。

「お母さん、あんたも負けたね」と言うと、「ほんと、木下さんには負けるわ」と素直に負けを認めている。

木下さん、木下さんの話で我が家はいつも盛り上がっている。笑いを届けてくれてありがとう。

20／誕生日

私は誕生日とか記念日とかにはあまり興味がない。田舎の百姓の家に生まれたので、誕生日にお祝いをする習慣がなかったのだ。

私の誕生日は二月二十三日なので、天皇陛下と同じ日である。家内には「日本国民がお祝いしてくれるからプレゼントはいらないよ」とうそぶいている。

まだサラリーマンだった頃は、二十三日というといつも締め切り前で、最後の数字の追い込みに奔走していて、帰りも遅かった。だから誕生日のお祝いなどしたことがない。ときには誕生日が過ぎてから「そうだ誕生日だったんだ」と思い出す始末である。

家内の誕生日にプレゼントをした記憶もない。

結婚記念日も、九月だったか十月だったか覚えていない。

そんな私だから、子供の誕生日や親の誕生日もわからない。

毎年年末になると会社に身上報告書を提出しなければいけないが、いつも家内に電話をして、子供の生年月日を聞いて書いていた。

おそらく家内もあきれていたに違いない。

でも私たちはまだ別れていない。

そんな私でも負けた人物がいた。

熊本の営業所で勤務していたとき、営業所長会で香港に旅行に行くことになった。

私と先輩営業所長の二人で県庁にパスポートの申請に行った。

すると、申請用紙に記入していたその先輩は「あいたっ。俺は生年月日いつだったかな」と言うではないか。

「はあっ！　うそでしょ。ほんとにわかんないの?」と聞くと、「わからん」と言うので、「それじゃ、支社に電話して事務員に聞いたらわかるよ。人事ファイルがあるでしょうから」と教えてやった。

そうして申請が終わった。

家に帰って家内にその話をすると、家内は笑い転げて「お父さんよりうわてがいたね。その先輩どんな顔してるの?」と言うので、私は「普通の人間の顔してるよ」と言うと、またゲラゲラ笑っている。

「お父さん。その人大物だよ。たいていのことには動じないんじゃない」

「第三次世界大戦が起こって人類が死滅した後、瓦礫の中からむくっと起き上がってくるのは、その先輩とあなたとゴキブリくらいでしょうね。あっはっは」といつまでも笑っていた。

俺はゴキブリか。

21 東京ミレナリオ

平成十一年頃、東京駅、丸の内エリアで、東京ミレナリオというイルミネーションの祭典が行われていた。

私は家内と娘、息子と待ち合わせをしていた。

すごい人出でなかなか会えず、私はいらいらして待っていた。

三十分も待っているのにまだ来ない。

やっと三人を見つけ、怒鳴りつけてやろうとしたとき、家内が「お父さん遅れてごめんね」と腕を組んできた。

いつもと違う雰囲気に、それまでの怒りがどこかに行ってしまって「いつまで待たせるんだよ」とだけ言ってそれで終わった。

娘は「お父さん気が短いから相当怒ってるよとみんなで心配してたんだよ。そしたらお母さんが『任せなさい。お父さんの機嫌一発で治るワザ使うから』と言ってたけど本当だったんだ」と感心して言う。

家内は娘に「まあね、男なんてチョロイもんよ」と、ささやいたそうだ。

22 あいさつ

娘が中学入学の頃、我が家は東京のM市に引っ越した。

どこへ行ってもご近所さんとのつき合いは大事である。

顔を合わせれば「おはようございます」「こんにちは」「こんばんは」は基本である。

その中で、どんなにあいさつしても、隣の奥さんだけはあいさつ

が返ってこなかった。

近所でも有名らしい。家内もとうとうあきらめてあいさつしなくなった。

ある日「あらお帰りなさい。今日は早いのね」と言う声が聞こえてきた。

覗いてみると、なんとうちの子と隣の奥さんがにこにこして話している。

帰ってきた娘に「ちょっと、ちょっとあの奥さんあいさつするの？」と聞くと、娘は、「うん。いい人だよ」と言う。

「だってあいさつしても、返事しないって有名だよ」と言うと、「耳が遠いのかと思って、ずっとあいさつしていたら、あいさつしてくれるようになったよ」と言った。

家内は「あなたはえらいねー」と娘を褒めちぎったようだ。

家内はその話を私にすると「お父さん。やっぱり娘の純粋な心と、あの人はこんな人だと決めつけない素直な心が、頑なな心を溶かしたのかな」と言う。

「また娘に教えられたね」

「うん。すくすくいい子に育ってるからいいんじゃないですか」

今日の酒はうまい。

第二章　バブルがはじけて世の中が不景気だった頃の話

景気がいい頃、毎年給料は上がり、ボーナスも百万円以上もらったこともあった。

地価は年々上がり、私の大学の先輩で不動産屋を経営していた人がいて、土地を買ってその日のうちに売って何百万も儲けたとかいう話をしていた。

株価も一九八九年十二月に三万八千九百十五円の最高値をつけ、まさにバブル絶頂期であった。

バブルに浮かれていた私たちは、その後バブルがはじけ、大変な時代を迎えることになる。

多くの企業が倒産し、給料は下がり、リストラも横行した。

そんな中、私たち家族は明るく前向きに生きていた。

＊

1 給料と髪の毛

不景気が続いていた頃「この不景気いつまで続くんだろうね」と言うと、家内は「ほんと、お父さんの給料と髪の毛だけが減っていくね」と言う。

なんもいえね。

2 公園があるわよ

リーマンショックで大変な不景気が続いていた頃、家内に「最近会社も業績が悪くて、今度リストラやるんだよ」と言うと、「大丈夫。

公園があるわよ」と言う。

何言ってんのかなと思ったら「お陰さまでうちは転勤族だから、こういうこともあろうかと丈夫な段ボールを一杯とってあるから」と、せんべいをポリポリかじりながら動じる風でもない。

なんともたくましい家内である。

3／働けど働けど

二人の子供が私立の高校に通っていた頃、家内が「ふうっ」とため息をついて手を見ている。

「どうしたの」と聞くと「子供ってお金かかるねぇー」

「働けど働けどなお、わが暮らし楽にならざりじっと手を見る……

か」とつぶやいている。

働いてもいないお前がじっと手を見てどうすんだ。啄木さんに笑われるぞ。

4／無配

七月にボーナスが下りた。景気が悪いせいか大幅カットだった。

しかし、毎月の少ない小遣いでは飲みにも行けないではないか。ボーナス時くらいは少し多めに小遣いをもらいたいものだ。

「お母さん、ボーナス出たからちょっと頂戴よ」と言うと、「申し訳ございません。今年は不景気につき無配でございます」だって。

あちゃぁー。

5／保険の販売強化月間

私は保険会社に勤務し、永年営業畑で過ごしてきた。

七月や十一月は保険の特別月間で普段の月の三倍のノルマを達成しなければいけない、そんな時代であった。

保険月が始まると全員集めて決起集会を行い、みんなにやる気を出させて生命保険をとらせなければいけない。そのために激励の訓示を行うのである。だからどんな話をするかがとても重要になる。

決起大会前日、家内に「明日どんな話をしようかな」と相談した。

決起大会当日、私はみんなの前で家内の話をした。

「家内に、明日何話そうかなと相談したら、家内が言うんですよ。

とにかくとれって」

大爆笑であった。ありがとう。うけたよ。でも達成しなかった。

6／代理妻

横浜に勤務していた頃、部下から仲人を頼まれた。結婚式が近づいてきたが、家内が頭の怪我で入院、手術をすることになった。

一か月以上の入院になり、とても結婚式に出られる状態ではなかった。

今更断れない。

「あなた代理妻いないの?」と言う。

「しょっちゅう飲みに行ってるのに、こういうときのために代理妻の一人や二人作っておかなきゃ」と心にもないことを言う。

女性はただ座っていればいいから、ということで代理妻を立てることになった。

幸い年の近い営業所長がいたので、家内の代役をその方にお願いした。

無事式が済み、入院していた家内に報告に行った。

「お疲れ様。無事終わってよかったね」

持っていった写真を見た家内は、「ははぁ。あなたはこんな女性が好みなのね」と言う。

家内は痩せて細身だ。代理妻は少しふくよかで素敵な女性だった。

7／シーソー

朝からテレビでくだらない番組をやっていた。

女性レポーターが「シーソーの音はギッコンバッタンが正しいのでしょうか。それともギッタンバッコンなのでしょうか？」

「それではレポートに行ってまいります」とやっていた。

中東では戦争をしているというのに「平和ボケしてんじゃねーよ」と私は叫んだ。

すると家内は「お父さんそんなにカッカすると血圧上がるよ。いいじゃないの日本は平和なんだから。今晩ギッタンバッコンする？」だって。

おめーも平和ボケか。

8／ふーん

まだ携帯が流行り始めた頃、家内はやたら友達とかにメールしまくっていた。

親元を離れて大学に通っている息子にも、「ちゃんと勉強してる？図書館に行けば過去の新聞なんか全部あるよ」などとメールを送っている。

息子は「ふーん」とか「あっそう」とか返事はそれだけ。

家内は「もうほんとにあの子は何考えてるのかしら」と怒っている。

息子からメールが入った。「お母さん、そろそろお金が足りないんだけど」

すると家内は「ふーん」とただそれだけ送り返した。

9／ワカメがいいよ

朝ご飯を食べていたら、娘が「お母さん、今日バレンタインデーだからお父さんに毛生え薬買ってあげたら？」と言った。

家内は「ムダムダ、それよりワカメがいいよ」と言って、みそ汁のワカメをつまんで、「これ買ってきてお父さんの頭にベタベタ貼りつけたほうがいいんじゃない」だって。

人の頭を何だと思ってんだこのヤロー。

10／トシちゃんに似てる

テレビを見ていた家内が突然「お父さんトシちゃんに似てるね」と言った。

えっ俺ってそんなにいい男かと思いながら、

「またぁそんな。田原俊彦に似てるって言われたこと一度もないよ」と言うと、

「ハアー、誰が田原俊彦に似てるって言ったよ。坂田利夫よ」

「えっ誰それ?」

「アホの坂田よ、アホの」（坂田利夫さん、ごめんなさい）

そういえば頭の恰好似てるかな。

11 隆也君

私はサスペンスドラマが大好きだが、チャンネル争いはどこの家庭でも日常茶飯事だろう。

仕事から帰ってサスペンスドラマを見ていると「またサスペンス？　いい加減にしてよ」

と家内の機嫌が悪い。

別の日、サスペンスドラマを見ていたが何も言わない。おかしいなと思っていると、

「隆也君が出てるんじゃしょうがないわね」

とニコニコしている。

どうも上川隆也のファンらしい。

12／抜いてんの

息子が高校生の頃、家内が部屋を掃除していてエロ雑誌を見つけてきた。

やはり思春期の子供を持つと気になるらしい。

あるとき息子に「『ニキビがいっぱいできるのはたまっててんじゃないの』とお父さんが心配してたよ。あんた、ちゃんと抜いてんの？」と聞いたらしい。

突然そんなことを聞かれて、息子も思わず「抜いてるよ」と答えたらしい。

なんとまあ、あけすけな親子の会話だこと。

13

どっちに転んでも

まんじゅうを食べていたら、息子が「そんな甘いものばっかり食べてるからデブになるんだよ」と言う。そして家内に告げ口をしている。

「お母さん。おやじの暴走を止めてくれ」と。

すると家内は「いいのよ、どっちに転んでもわたしゃ損しないようになってるから」

「このおやじ、生きても死んでも金になる。フッフッフ」とほくそ笑んでいる。

くそっ！　生命保険解約しようかな。

14

人生必ずモテ期が来る

娘が年頃になった。おとなしいのでなかなか彼氏ができない。

家内が娘に言っている。

「あなたも私に似て純情だから遅咲きかもね。でも大丈夫。人生必ずモテてモテてモテて仕方がないときが来るから」

「ホント」

「そうだよ。お母さんもそうだった」と断言している。

何の根拠もない自信。ほんとにモテていたんかい。

まあどうでもいいか。娘も今では二人の子持ちだし。

15 先見の明

ソニーの元会長出井伸之さんが執筆された『非連続の時代』という本を読んだ。

ＩＴ社会の時代の潮流のなかで、変わらなければ生き残れないと書いてあった。

当時すごい人だなと思って、こんな人が経営している会社だから絶対伸びると思って、ソニー株を五千七百円で買った。

しかし、すぐにソニーショックで三千円台になってしまった。

「ああ俺は投資の才能がないなー」と嘆いていると、

「あんたは先見の明がないんだから株なんか買うんじゃないよ」と怒られてしまった。

「ほんとにもう。私を妻にしたことで見る目がなかったと気がつかないの？　このバカ」
いえてる。

16／千の風になって

日曜日のとある日、ご機嫌なのか、『千の風になって』を歌っている。

「あなたのお腹のまわり、貫禄ついていてます。そこに赤ちゃんはいません。あるのは脂肪だけ。あれも食べた。これも食べた結果よ。この醜いお腹、どげんかせんといかん」

実にうまい具合に歌っているが、喜べるかい。

17／考えといて

「お父さん、生命保険の保険料払ってきたんだけど、あれ六十五歳まで払うの？」

「こんなに高い保険料払い続けられるの」

と家内が聞く。

「死亡しても、長生きしても、入院してもいいようにちゃんと考えて入ってるから大丈夫だよ」と答える。

「あっそう」

「ずっと保険料払うより、保険金もらった方がいいんじゃないの？考えといて」

「えっ！　……？」

18 旅行

夏休みを利用して、家内と二人で白馬大雪渓と八方尾根のトレッキングに行った。

毎日雨ばかりで何も見えない。

リフトに乗って頂上に上がり少し歩いたが、ガスがかかって何も見えない。

「ああつまんねー。これじゃ何しに来たかわからないよ」と言うと、家内がポツリと「見えるのは隣にいるきれいな妻の顔だけね」だと。

「あっはっは」と笑うしかなかった。

19/ サスケ

ＴＢＳの人気番組に、「サスケ」という身体能力や筋肉の限界に挑戦するスポーツエンターテイメントの特別番組がある。

男にとっては見てるだけでも心が熱くなり血が騒ぐ。

家内と一緒に見ていて「ああ、俺がもう少し若ければなー」と言ったら「何、若かったら応援にでも行くのにってか？」

バカにしやがって。

20

男の色気

大阪の堺に勤務していた頃、元東亜国内航空の客室乗務員で、NTTに勤務していた中村さん（仮名）という素敵な女性がいた。保険会社は採用、育成に力を注いでいたので、彼女に頼んで新人の電話応対やビジネスマナー等の研修をときどきお願いしていた。やはり仕事ができる人は違う。現在研修会社を起こし、カリスマ講師として活躍しているらしい。

彼女のことを家内に話すと「お父さん、あなた浮気してないでしょうね？」と聞きながらも「まっ、無理か。あなたは男の色気がないからモテるわけないいか」と安心しきっている。

今に見てろ。モテてやる。

第三章　会社生活も晩年の頃の話

会社生活も終盤になると、ある程度の役職に就き責任も重くなる。

今と違って、まだ会社の経費も使える時代でよくお客さんとか社員と飲みに行った。

懇親を深めて保険に加入してもらったり、社員の悩みを聞いて元気づけたり、相変わらず家庭のことは家内任せで、仕事仕事の毎日であった。

＊

1 出不精になっちゃう

世の中失業、倒産、リストラの嵐が吹き荒れ、亭主は明日は我が身かとビクビクしながら働いているというのに、女房連中は、昼はホテルのバイキング、夜はコンサートや観劇と好き放題。私も家内に言ってやった。

「お母さん、出歩いてばかりいないで、ちょっとは家のことでもきちんとしたら?」

「だってずっと家にいたら、あなたに似てデブ症になっちゃうもん」

悔しいけどうまいこと言いやがる。

2 きれいなママさん

サラリーマンは、会社帰りに一杯飲んで帰るのが楽しいのだ。仕事の愚痴を言い、上司の悪口を言い、そして憂さを晴らしているのだ。

ほろ酔い気分で家に着き「今日行った居酒屋、高かったなあ。ビール二杯飲んで、風呂吹き大根にモズクだろ、それにしめ鯖、最後に稲庭うどんで六千円くらいとられたよ」と家内に話すと、「早く帰って、きれいなママさんのところで食べたほうがどんなに安いかわからないの。バカだねー」と言う。

誰がきれいなママさんじゃ。

3／あっ、めまいが

私は営業の仕事が長かった。支社長として支社の数字を背負っていた。毎月毎月、数字目標の達成を目指して奮闘しているのだが、なかなか達成できないときもあった。

会議で社長に数字を報告しないといけないというとき「ああ、今月も数字が上がらない。どうしよう」と独り言を言っていると、家内が、

「会議で席を立ったとき『あっ、めまいが』と言って大きくよろけなさい。それから『失礼しました。最近遅くまで仕事をしてあまり眠れていないもんですから』と言いなさい。そうすると社長は『こいつ頑張ってはいるんだな』と思うでしょ?」と言う。

誰が思うかい。

それにしても、こんなことまで演技指導してくれるあんたはいったい何者なの？

4／らっきょう

会社生活も晩年になると、お腹も出てきて結構貫禄がつく。

「お母さん、お客さんから貫禄があるとよくいわれるんだけど、俺重役の顔してない？」と聞くと、

「らっきょうの顔してる」と一言。

どういう顔じゃ。

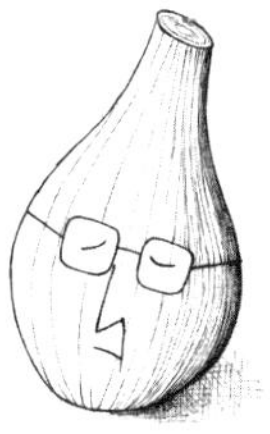

5／私のお陰

名古屋で勤務していたときも単身赴任で、夜はいつも外食であった。いつもうまいものばかり食べていたので、体重が増え、お腹はでっぷり、脂肪はべったり。

それが本社に転勤になって、東京の自宅に戻った。

半年がたち、五キロも痩せてズボンがゆるゆるである。

家内は「私のお陰よ」と言うが、家内の食事管理がいいのか、虐待のせいかは定かではない。

6／出向

子会社に出向になった。本社に戻ってきて次は役員かと思ったら、なんと子会社への出向である。

家内は「なんだよ、さんざん仕事仕事で家庭を犠牲にしてきたくせに、挙句の果てにこの始末かよ」

「老後は悠々自適で暮らそうと思ってたのに。ああ腹が立つ」と怒っている。

それから家内も働きに出ることになった。そして冷たくなった。

これには後日談があって、家内は「そんなこと言った覚えはありません。私はそんなに冷たくないです」と言う。

「おかしいな。確かそんなこと言われた気がするけどなぁ」

まあどうでもいいや。過去のことだし。

7 家族会議

私が子会社に出向になって今までとは生活が変わった。

それまでは休日も仕事に出ていたが、休みの日はビデオを見て家でごろごろしていた。

家内と娘、息子は三者会談を開いたらしい。

「お父さん、休日と言えば家でごろごろしてるし、このままじゃまずいんじゃやない？」

「とにかく暗いし。どうするよ」と心配していたらしい。

すると家内は「どうせ暇なんだから資格でも取らせよう。まだまだ稼いでもらわないと困るから」となったらしい。

かくして、私は宅建の資格にチャレンジすることになった。

三月半ばから始めて試験は十月にある。

かなりのボリュームでとても間に合いそうもない。

宅建の資格は、学校に通ったり、何年かかけて取るのが普通だ。

生命保険会社にいるときは、初級、中級、専門課程、上級、ＦＰなどの資格を取り、損保代理店に出向してもまた、初級、中級、特級などの試験を受けさせられた。

いやというほど勉強した。だからもう勉強は沢山だという気持ちだったのだが……。

勉強はこれで最後にしようと決めた。

そこから猛勉強が始まった。大学受験より勉強した。

土日、ゴールデンウイーク、夏休みは、ほとんどどこにも行かず勉強した。

そして一発合格した。

不動産の知識を得たことは今の仕事にも役立っている。

何でも無駄なことはない。

家内は「お父さん、やればできるじゃない」と言う。
私は受かっても落ちても一発勝負と決めていたので、それは久しぶりの喜びだった。
勉強で大事なのは、いつまでに何をするかを決めて集中してやることだと悟った。
そしてそれは大きな自信になった。

8／あなたの人生象徴してる

子会社でゴルフコンペがあった。出かけるとき、家内が「お父さんリストラされたんだから賞金稼いでくるんだよ。稼いでこないと晩飯抜きだよ。ゴルフ代高いんでしょ?」と言う。

プレッシャーを感じながら必死でやったら優勝してしまった。賞金は一万円だった。

その次のゴルフコンペで、行く前に「よし今日も優勝してくるぞ」と勇んで出て行った。

だが結果は散々だった。家に帰り着くと早速家内が「成績どうだった？」と聞く。

「途中まではよかったんだけど、最後崩れてガタガタになっちゃった」

すると家内は「なあんだしょうもない。あなたの人生を象徴してるみたいじゃない」と言う。

私は何も言えなかった。

9／疲れちゃった

今日も飲んでくるから遅くなる、とメールした。

十一時頃家内から「疲れちゃった。もう先に寝る。愛のない生活に疲れちゃった。なんてね」とメールが入った。

ちょっとドキッとして早々に帰宅した。

「ZZZZ……」

家内は口を開けて高いいびきで寝ていた。

10／不幸の始まり

「お母さん、俺たち結婚する運命だったのかね？」

「そうよ。一緒になる運命だったのよ。あなたにとっては幸せの始まり。私にとっては不幸の始まりね」

「よう言うわ」

11／磨きがかかったね

田舎へ帰省したときのこと。

家内の母親が「太郎さん、また頭が薄くなったね。苦労が多いのね。ご苦労様」とねぎらいの言葉をかけてくれたのに、家内は「ほんとますますハゲに磨きがかかってきたね。腕に磨きがかかればいいのにねー」と言う。

余計なこった。

12 共同作業

下の息子が成人式を迎えた日、しみじみと「お母さん、やっと夫婦共同作業でここまで来たね」と言うと、「何言ってるのよ、子育ても何もかも人まかせで、共同であなたがしたのは最初の子づくりだけじゃない」

「はあー……？　そんなぁ」

13 心配ご無用

なんだかんだ言いながら、家内は私のことを頼りにしているはずだ。

「お母さん、俺が死んだら生きる希望をなくすだろうね」

すると一言「心配ご無用」と力強く言い切った。

14 かわいくもなんともないわ

ある朝、早く目が覚めた。

トイレに入った後、寒いので家内の布団にもぐりこんだ。

起こしてしまったようだ。

「何なのよ。人がせっかくいい気持ちで寝てるのに」とすこぶる機嫌が悪い。

「まったくもう。赤ちゃんがママ、ママと言って入ってくるならかわいいけど、ハゲが入ってきたって、かわいくもなんともないわ」だって。

「えろうすんまへん」

15 前頭葉ハゲ

久しぶりに家内とむつみ合ってキスしようとしたら、「私、キス嫌いなんだから」といつもの調子。

「キスをして盛り上げるんだよ」と言ったら「あなたとしたって盛り上がらないわよ」と言う。

「じゃあ、ケビン・コスナーかニコラス・ケイジとしてると思ったら」と言うと、

「どうして前頭葉ハゲの人ばっかり言ってんの」

そういえば、意識したつもりはなかったがなぜか頭の薄い二人になったのがおかしい。

16／ごめんねいい女で

「お母さん、最近女にも興味なくなってきたよ。昔はいい女を見ると抱きたいなと思っていたけど、面倒くさいし、どうでもいいとい

う感じだよ。年はとりたくないね」と言うと、

「それはあなたが私よりいい女はいないと気づいたからよ。ごめんねいい女で」と言うではないか。

「ぷっ」とそのとき私は屁をこいた。

17 ハンサム

朝ドラ「半分青い」という番組を見ていた家内は、

「あなたってほんとにハンサムだよね」と言う。

珍しく褒めてくれるなと思ったら、何のことはない。「半分寒い」という意味らしい。

私の頭は半分はげている。

18／もっと安くしてよ

娘が免許を取って間もない頃、車をぶつけて修理に出した。

見積金額は二十八万円だった。

私と家内が車を取りに行ったら、請求は三十一万円だった。

「えっ、見積りより高いじゃないの。普通は見積りより安くなるはずよ」と勝手な理屈。

担当者は「思ったより損傷が激しく、いろんな部品を交換したので高くなりました」と言い訳している。

「いや納得できないわ。もっと安くしてよ」と一歩も引かない。

担当者は上司に相談したがダメ。

それでもまだ粘っている。

担当者は今度は本社に電話している。

やっとOKが出て二十九万円になった。

いやはやおばたりあんはすごい。

とても私にはまねできない。

家内はケロッとして、「いやぁ言ってみるものね。一週間分の食事代が浮いたわ」と喜んでいる。

バカな奴だ。修理代に二十九万円もかかったというのに。

トホホ。

19／賞味期限

家内は、よく冷蔵庫に入れた食品を賞味期限切れまで入れっぱなしにしていることがある。

冷蔵庫を開けて牛乳を飲もうとしたら、案の定賞味期限が切れている。
「この牛乳賞味期限が切れてんだけど、大丈夫かな?」と聞くと、
「それ飲んでお腹こわして少し痩せなさいよ」と言う。

20／宝物

家内が写真を整理していたら、子供たちの結婚式当日に読んだ両親への感謝の言葉をつづった手紙が出てきた。それを掲載したい。

娘の手紙
お父さん、お母さんへ

お父さん。お母さん。我儘な私をいつもそばで見守り、支え、愛情いっぱいに育ててくれてありがとう。

大勢の大切な皆様に囲まれて、この日を迎えることができてとても幸せです。

手紙だけでは伝えきれないけれど、聞いてください。

お父さんは明るく前向きで、面白いことを考えるのが好きでした。「サラリーマン川柳考えたから聞いてくれる?」などと言ってよく笑わせてくれました。お陰で我が家はいつも賑やかな楽しい雰囲気に包まれていましたね。

私が高校生のとき、頭の手術をし、入院していたお母さんを、いつものように励ましていたお父さん。

そんなお父さんが、私たちに気づかれないようにこっそり流していた涙は今でも心に残っています。気丈に振る舞っていたのだなと思いました。

今では家族の中で一番涙もろく、テレビを見ていてもポロポロと涙を流しているお父さんです。

常に向上心を持ち、資格を取る勉強をしたり、本を沢山読んでいるお父さんを尊敬しています。

そしてお母さん。小さい頃から転勤が多く、子育てをしながらの引っ越しはとても大変だったでしょうね。

子ども劇場に入って劇を見せてくれたり、その土地土地で楽しめるよう、のびのびと過ごさせてくれました。

悩んだり、困っているとすぐに助けてくれてとても心強かったし、良いところを沢山誉めてくれました。

「真面目で一生懸命なゆみちゃん。あなたに努力することを教えてもらったよ。自分の子供なのに感心するわ」と言ってくれたお陰で自信を持つことができました。

今お母さんが熱中してることは社交ダンスだね。

鏡の前で毎日のように練習し、上達したいと意気込んでいる姿はすごいなと思います。

思った以上に動きがハードなので体調が心配ですが、生き生きとしているお母さんは素敵です。頑張ってね。

今の私があるのは、二人の愛情のお陰と実感しています。

お父さん。お母さん。体に気をつけて、ずっとずっと元気でいてください。そしてこれからの私たちを見守っていてください。


息子の結婚式は身内だけの質素なものであった。

テーブルの上に置かれていたメッセージである。

父へ
今まで大切に育ててくれてありがとう。
大学の頃、車の中で「今幸せか?」と僕に聞いたとき「まあ」と答えた僕でしたが、ハッキリ言えることは「今」ではなく「ずっと」幸せだったと思っています。

これからも色々と迷惑をかけるかと思いますが、よろしくお願いいたします。

母へ

今まで大事に育ててくれてありがとうございます。

中学のとき、倒れて入院したあなたが、こうして元気でいてくれることだけで、嬉しくて言葉にならないです。

一番喧嘩して何度もぶつかり合ったけど、いつもそばで支えてくれてありがとうございました。

「ありがとう」という言葉を何回言っても伝えきれないですが、本当に感謝しています。

ありがとう。これからもよろしくお願いいたします。

二人とも読み終わって、顔は涙でクシャクシャになった。式当日はそんなに涙が出なかったのに、今読み返すと涙が止まらない。年をとると涙腺が緩くなる。

「はいお父さん」と家内のくれたティッシュで涙を拭き、私は「お母さんの子育ては間違っていなかったね」と言った。

家内は「私は子育て上手。お父さんは子づくり上手」と言ってまた笑いが戻った。

この手紙は私たちの宝物である。

第四章　下ネタ

仕事柄お客さんと飲みに行くことが多い。

スナックやクラブなどに行って、話は下ネタで盛り上がる。

店の女の子も話をあわせてくれるから、たいていどこの店に行っても下ネタである。

女の子の胸を触ると「ここはおさわりバーじゃありません。それセクハラですよ」と冗談を言ってくる。

「バカ野郎。これくらいでセクハラになるんだったら、俺なんかとっくに終身刑になってるわ」と言い返すと、そこでまた盛り上がる。

そんなこんなで下ネタ話は罪がなく面白い。

家内との下ネタは、恥ずかしいので載せたくなかったが、ここが一番笑えそうなので、恥を忍んで載せることにした。

＊

1

高うおまっせ

現役中、私は仕事柄ずいぶん転勤をした。
大阪の堺に勤務したときは単身赴任だった。
子供が大きくなると学校の関係でどうしても単身赴任になってしまう。
家内は、月に一度堺にやって来ては部屋の掃除や買い物等やってくれる。
夜になって久しぶりに家内を抱こうと思った。
すると、家内はいやらしそうな顔をして、「ヒッヒッヒ。高うおまっせ」と言う。
私も負けじと「まけておくんなはれ」と言う。
「まけられまへん」

「じゃあ出世払いでどないどす」

「これ以上出世しまへんがな」

「分割払いじゃあきまへんか」

「もうだいぶたまってまんがな」と続く。

それで無理やり抑え込もうとした。

すると家内は「ひぇーっお代官様ご勘弁を」と来た。

私もだんだんやる気がなくなってきた。

2／王様ゲーム

私は二〜三年おきに転勤していた。名古屋から東京本社に転勤になった。

部下から、面白い店があるから行こうと誘われた。

久しぶりに銀座に飲みに行った。

銀座と言えば高級なクラブが多い。その店も若い子の多いクラブであったが、他の店と違うのは、王様ゲームを売りにしていたことだ。

王様ゲームというのは、みんなでくじを引いて王様を決める。王様は「○番と○番が○○をする」という風に命令を出すことができる。

そこの店はへそから上は何でもありである。オッパイもませろとか、吸わせろとか、キスしろとか。とにかく何でもありである。

家に帰ってから家内にその話をしたら、「あんたバッカじゃないの」と怒られた。「そんなとこで高い金払って」

「こっちは上から下まで何でもありじゃない。しかもタダよ、タダ」と来た。

そりゃそうだが、若い子のオッパイがいいに決まってるだろ。

3／種子島

年を取ると卑猥なことも平気で言うようになる。

「今夜はバズーカ砲をぶち込んでやる」と言ったら、家内は「私は種子島しか知りません」と言うではないか。

俺のは火縄銃か。

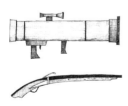

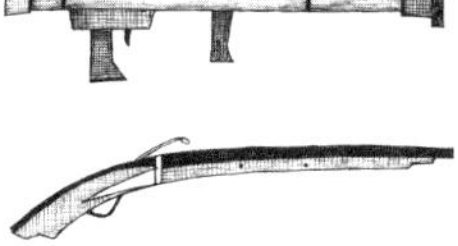

4／サンポール

年を取ってくると、夫婦の営みも減ってくるし、持続力もなくなってくる。

久しぶりに一戦交えたものの、あっという間に終わってしまった。

「もう、これからというときに。ほんとにサンポールなんだから」

と言う。

「えっ。今何て言った」

「サンポールよ。サンポール」

「サンポールって、あのトイレの洗剤の？」

「そうよ。ひとかき三こすりサンポールよ」

そういえば、そんなコマーシャルあったなぁ。ぐやじい。

5／噛めっ！

テレビコマーシャルで「三倍長持ちガム、クロレッツ」と流れていた。

それを見ていた家内は、間髪を入れず私を指さして「噛めっ！」と叫んだ。

それは私に対する当てこすりか。

6/ すっとねせんとね

私も家内も五十を過ぎた頃「久しぶりにお母さん今日どう？」と言うと、「へえー、どういう風の吹き回し」と言いつつ、その気になったらしい。

しかし、こたつに入って、晩酌でビールと焼酎を飲んでいたら、眠くなってウトウトと寝てしまった。

風呂から上がってきた家内は怒って、「すっとね、せんとね」と言う。

二人とも熊本を離れて三十年以上たつが、ときどき熊本弁が出るから面白い。

7／終わらん

「お母さん。たまにはしようか」

「今生理中」

「いつ終わるの」

「終わらん」

やる気ないんかい。

8／立たぬなら

年を取ると元気もなくなってくるが、夜の営みもめっきり減ってくる。

家内も最近はまったくその気がない。

久しぶりに家内が求めてきたが、私のほうが元気がなくて「立たぬなら、立つまで待とうホトトギス」と言うと、

「私は信長だよ。立たぬなら、ちょん切ってしまえホトトギス」と言うではないか。

「おお怖っ」

9／食べごろ

二十八歳で結婚して、あれから四十年。

家内に「残り物に福があったね」と言うと、

「食べごろだったでしょ」と言う。
しかも「いまだに食べごろよ」と言う。
食べてみたけど「ぺっぺっ」

10／あえぐ

「お母さん。昔は『あっあっ』と言ってあえいでいたけど最近は言わないね」

するとの家内は「生活苦であえいでますからもう出ません」と言う。

第五章　定年後郷里に帰ってからの話

生命保険会社を定年後、私と家内は実家のある熊本に帰ってきた。

まだ私の両親と家内の母親が存命で、いずれ親の介護も必要だろうということで帰ってきたのである。

子供たちはそれぞれ結婚し、関東に残った。

私は保険代理店をゼロから立ち上げ、仕事を続けることにした。

家内は私の両親の世話と自分の母親の面倒を見ることになった。

私の母親は脳梗塞で病院に入院中だった。毎日掃除、洗濯、炊事で一日が過ぎてしまう。そんな毎日である。

私にしてみれば、私のついでに親の世話をすればいいので大したことではないと思っていた。それが大きな間違いだった。

義理の父親といってもしょせん他人だ。

一緒に暮らすということがどれほど家内のストレスになっていたか、私は知る由もなかった。

私の父はそのとき九十歳で頑固一徹。人の意見など聞かない。自分の行動パターンは決して変えない。

朝五時に起きて散歩、六時半には食事である。それから新聞をくまなく読んで、小説を読み朝寝する。そして十一時半には昼食である。

それからまた小説を読んで昼寝する。

夕方五時に風呂に入り、五時半には夕食である。

もう少し夕食の時間を遅らせてくれれば、私と一緒の夕食で家内の手間も省けるんだが決して変えようとしない。

五時半になるとテーブルをトントコトンと叩いている。御飯だぞと合図をしているのだ。

だから家内はゆっくりする暇がない。

徐々にストレスがたまり、私が仕事から帰ると毎日愚痴を聞かされた。

あの明るかった家内から出てくるのは面白い話でなく、愚痴であった。

＊

1 介護Ⅰ

私の父は現在百歳。家内の母親は九十三歳になる。二人ともまだ元気だ。

私の母は私たちが帰ってきて二年後に亡くなった。

父は血圧の薬を飲むくらいであとはどこも悪くない。耳が遠いくらいか。

私の方はといえば、高血圧で薬を飲み、睡眠時無呼吸症候群、逆流性食道炎。それに最近は軽い狭心症の症状も出てきたりして体はボロボロである。

胃が痛いと言っては太田胃散を飲んだりしている毎日である。

父は毎日、新聞を読むので頭もしっかりしている。

家内が言うには「あなたのお父さんはあなたより長生きするわよ」

「ほんとそうかもしれない」

二年前から私の父も家内の母親も、高齢者住宅に入ってもらった。

私がインフルエンザにかかって、それが父に移り、救急車で運ばれ、入院した。

だから退院後、高齢者住宅の方が安心だと思い入ってもらった。

家内は、それまで私の父の面倒を見ながら自分の母親のところにもときどき通っていた。

肉体的にも精神的にも限界だったようだ。

私がもっと親の面倒を見ればよかったのだが、昼間仕事に出るものだからつい家内に甘えて負担をかけてしまっていたのは間違いなかった。

老老介護の現実は甘いものではなかった。

そんな状態のとき、父が入院し、その後高齢者住宅に入ったので、家内はかなり楽になったようだ。

家内の「お父さんMVPだね」という言葉にこれまでの家内の苦労が凝縮されている。

2／介護Ⅱ

私は家内に、「何が一番大変だった？」と聞いた。

家内は歌舞伎で有名な弁天小僧の名ゼリフをまねして語り始めた。

「知らざあ言って聞かせやしょう。まずは時代感覚のずれでしょうかねー。私が爺様やあなた様より遅く起きてこようものなら『おはようございます』と言っても無視。

そりゃあ毎朝五時に起きて散歩する爺様にはかないませんわ。爺様は夜七時には寝てるんですから、睡眠時間は十分でござんしょう。

私はあなた様が飲み会で遅いときなど深夜に寝ておりますんで、六時半の朝食を作るだけでも良しとしてもらわなくてはね。

昼げが十一時半。これも出かけていて少しでも遅れようものなら『ご飯と漬物で食べた』と怒って言われ、それで朝から昼食は作っておくようにしたんでござんす。

五時半の夕げも少しでも遅れようものなら茶ぶ台をトントントンと叩いて無言の催促。たまりませんわな。

お風呂も五時頃一番風呂、そして晩酌つきで一時間以上かけての夕げ。何の不満がありやしょう。

まあ一つを取りましてもこんな具合で、語ると二〜三日はかかってしまいます。

今日はこれくらいにいたしやしょう」

私は笑えなかった。

3／妖怪

母方の従兄の家で法事があり、私と父で出かけて行った。私の父は頭もしっかりしているし、車も運転していた。草刈りなんかもやっていて近所ではスーパー爺さんで有名である。いとこ連中も「言葉は悪いがおじちゃんは化け物だよね」と言う。私が家に帰ってその話をすると、家内は「化け物通り越して妖怪だよ」と言う。

4／言うた覚えはなかばってん

私の父方の従兄の家で法事があるというので、私一人で行けばいいだろうと思っていた。

「今まで二人で行くというのが恒例だから俺も行く」と父が言う。

「じゃあ二人で出席すると言っておくよ」と念を押す。

その日になって「俺は行かん」と父が言う。

「行くと言ったじゃないか」と言うと、「俺は言うとらん。お前ひとりで行け」と言う。

家内も「お父さん行くと言ってましたよ。私も聞いてました」と言うと、

「おかしかなあ。そぎゃんこつば言うた覚えはなかばってんなあ」とすっとぼけている。

結局、私一人が二人分のお金を包んで法事に行くことになった。

それからというもの、夫婦の間では、都合が悪いことがあると「おかしかなあ。そぎゃんこつ言うた覚えはなかばってんなあ」が流行っ

た。

5 ゴキブリ

家内はきれい好きで、いつも部屋をきれいにしているので、めったにゴキブリは出ない。

ある日「きゃあーっ」と騒いでいる。

「お父さん、大きなごきぶりがいるよ。やっつけて」と言う。

ゴキブリを殺すのは私の役目だ。

追いかけて捕まえようとしたが、おじいちゃんの部屋に逃げて行った。

しばらくしたらゴキブリが外に出てきた。ひっくり返っているではないか。

「あらぁ、ゴキブリもおじいちゃんのかび臭い臭いにやられて死んじゃったか」

6／年齢

スナックやクラブなんかに飲みに行って、年齢を聞かれると、私は「うーん、いくつだっけ。過去のことすぐ忘れるから覚えてない」と言う。

そして「この前体重計に乗ったら、五十八歳と出ていたからその位じゃない？」と答えている。体重計では体年齢が出る。

六十過ぎなんて言ったらまずモテない。ましてや今年七十になっ

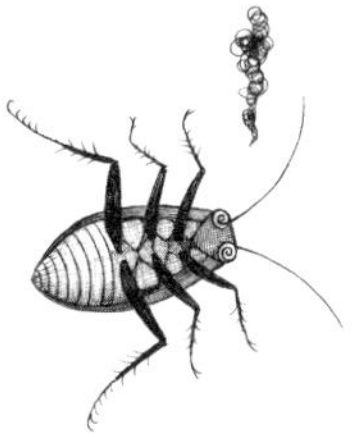

た爺さんが、金も持っていないでホステスにモテるわけがない。

だから年齢を聞かれてもごまかしている。

そのことを家内に話したら、家内は「お父さん、年齢をごまかしても一緒よ。たとえ五十歳だったとしてもモテないから」と言う。

「なんでや」と聞くと、「チビ、デブ、ハゲの今三だから」と言う。

「バカ野郎。昔はモテたんだよ」と言うと
「自分がわかってないねー。それはモテたんじゃやなくて、ただ人気があっただけなのよ」だって。

「おかしかなー。そんなはずはなかばってんなー」

7／もっと早く気づいていれば

女性は、自分の体形や顔のことはいくつ年を重ねようと気になるらしい。そして自分はきれいだと思い込む。

「なんで私は美人だともっと早く気づかなかったんだろう。気づいていればもっと違った人生を歩んでいただろうに」とほざいている。

私は「あっはっは」と笑い飛ばすしかなかった。

ここで「どこがきれいだよ」と言ったりしようものなら、機関銃のように打ち返される。

確かにスタイルだけはいい。

五十過ぎてくると、ビヤ樽みたいな体形になってくる人が多いが、家内は社交ダンスや真向法、太極拳などをやっていて体のメンテナンスをしっかりやっているので、ばあさんになってもスタイルだけはいい。

だから後ろから見ると若く見える。

バックシャンである。

8 プチ整形

年をとると顔の衰えは隠せない。

鏡を見ながら「年をとるって残酷ね。昔必殺のえくぼだったのが今ではしわの一部となり、隠れていたシミもどんどん増えるばかり。あーあ」とため息をついている。

「今流行ってるプチ整形でもしたら?」と言うと、「そうなのよね。それも考えたけど、整形するところが多すぎてガチ整形になるのよ。多額の費用がかかるけど、あなた覚悟できてるの? まあ、あなたの稼ぎじゃ無理、と言うことであきらめたのよ」と言う。

うん、それが正解。今更したって一緒でしょ。

9／熊本弁

東京から熊本に帰ってきた頃は標準語で話していたが、今ではすっかり熊本弁である。

家内も私も、もともと熊本で生まれ育っているので熊本弁に戻るのは早かった。

卓球で変なサーブを出すと、「とつけむにゃあ(とんでもない)サーブをするね」と言われるし、飲みに行ってソファーに座ろうとすると「あっ、そこトットッと」言われる。

東京の人が聞いたら、とっとと帰れと言われたと思って怒って帰るかもしれない。

そこはとってあります。つまり予約席ですという意味だ。また知人が飲んでると「こけけ」と言われる。ここに来いという意味である。

NHKの大河ドラマ「いだてん」で熊本弁もだいぶ世の中に広まったと思うが、実に面白い。

ひとしきり盛り上がって、家内とこれから夕食というときに「お父さん、さしよりビールにしますか」と言う。

知らない人が聞いたら「えっ、どこのビール？　アサヒ、キリン、それとも地ビール？」と思うだろう。

まずビールにしますか、という意味である。

10／

主婦のあるある

「お父さん、子供にお金残しても争いになったりすると嫌だし、お金使って死なないと損だよね。今日買い物に行ってくるわ」と言って、家内は友人と二人でショッピングに出かけた。

楽しそうにニコニコして帰ってきた家内に「何かいいものあった？」と聞くと、「服とか気に入った物がなかったけど、パン食べ放題でハンバーグにサラダがついて千二百八十円のランチ。おいしいし、お得だったわぁ。ああ腹一杯」とご満悦の様子。

主婦の楽しみってこんなもんなんだ。

11 光もの

家内は宝石類にはあまり興味がないようだ。旅行に行ったとき、土産にイヤリングとかネックレスなどを買ってきてもあまり喜ばない。

理由を聞くと、「つけるのが面倒だし、私つけなくても光り輝いてるから」と言う。

宝石にお金を使わないから私としては助かっている。

「それに光ものはここに持ってるから」と私の頭に手を置いた。

どこまでもおちゃらけている家内であった。

12／夫婦喧嘩

昔は、嫁は女に家と書くからその家のしきたりに従い仕えたものである。

ある日、家内と大喧嘩して「文句があるなら出て行け」と言ったら、「女に家がついてんだから、あんたが出ていけば」と言われてしまった。

いやはや、女は強いわ。

13／ エロ親父三銃士

私の友人に田山君（仮名）という高校の同級生がいる。

彼は市役所を五十五歳で早期退職し、介護事業を立ち上げ、瞬く間に有料老人ホーム六か所、特別養護老人ホーム一か所、デイサービス一か所を運営するようになった。その卓越した経営手腕に私も脱帽である。

私は、仕事柄多くの経営者に会ってきた。成功している経営者には共通する特徴がある。

それは、スピードと決断力である。この二つの要素は会社を経営していくうえで不可欠である。

田山社長にはまさしくこの二つが備わっている。だから成功していると思う。

私は、彼と彼の会社の経理部長の星田君（仮名）とよく三人で飲みに行っていた。

星田君も高校の同級生で、いわば高校三羽烏と自分たちでは言っていたが、田山社長のお嬢さん（会社の副社長）は、私たちのことをエロ親父三銃士と名づけていたようだ。

家内に「今日、田山社長から飲みに行こうと誘われたので行ってくる」と言うと、

「また飲みに行くの。でも田山社長じゃ仕方がないか。お世話になってるから断れないものね」と言う。

彼の会社が大きくなるにつれ、私の保険の仕事も沢山の保険契約をいただくことになり発展していった。

まさに共存共栄である。

家内は「田山社長の方には足向けて寝られないね。『田山大明神』だね」と言う。

我が家では彼は神になった。

14／海外旅行

毎年、エロ親父三銃士で東南アジアに旅行に出かけていた。

そこにもう一人高校の同級生の村山君（仮名）が加わることになった。三銃士が四銃士になった。

なぜ東南アジアかと言うと、田山社長が歴史が好きだからである。東南アジアは遺跡が多いのでそれを見て遠い昔の時代に思いをはせるらしい。

これまで、台湾、中国、タイ、シンガポール、マレーシアなどの遺跡や文化に触れてきた。

そして、夜は国際交流と称して夜の町に遊びに出かけた。

十月初旬にベトナムに行ったときのこと。

この国はとにかく蒸し暑かった。

日本の梅雨時より湿気が多く暑いので、ちょっと歩いただけで体はベトベトになる。

食事も、パクチーなど香辛料がきつくてあまり合わなかった。

最後の夜はフランス料理だった。

やっとおいしい料理が食べられると、楽しみにして店に入った。

まずビールを飲み、それからワインである。

料理が運ばれてきた。

ナイフとフォークが並んでいる。ボーイが右からとってお食べくださいと言った。

しばらくして、メンバーの一人が、右手にナイフ左手にナイフ、で食べているのに気づいた。

疲れていたのと酔いが回って、ボーッとしていたのだろう。右から言われて右の二本のナイフをとったのだろう。

「おいおい、ナイフで食べると口の中ケガするぜ」と言ってやった。

みんな大笑いし、笑いすぎたのでお腹が痛くなってしばらく食べられなかった。

とにかく珍道中であった。

帰ってからその話をすると家内も大笑いしたが、そのあと「まさか女遊びしてないでしょうね」と追及された。

「してない、してない。こんないい女がいるのにするわけないでしょ」と言い逃れた。

15 クイックレスポンス

私は、仕事柄お客さんや保険会社に電話することが多い。

ある大手の損害保険会社の営業担当者には驚いた。

電話をかけるとすぐ出る。出れないときは後で折り返しますとメールが入る。

わからないことを質問しても大抵のことは即答してくれる。それだけ知識がすごい。

自分でわからないことは支社や本社に電話して調べてくれるので、すぐ問題解決する。

実に仕事ができる女性だ。私の代理店ではたった一件の契約しかなかったのに、瞬く間に契約を増やしていった。

私は、この話を保険会社の営業担当者との懇親会で披露した。その後、どこの会社の担当者も電話に出るのが早くなった。
この会社の営業担当者は女性が多い。しかもみんな仕事ができる。
早くから女性を活用して業績を伸ばしている。やっぱり業界トップの会社は違う。
ちょっとした事ができるかできないか、で結果は大きく違ってくる。
仕事ができる人は何でも早い。
私の家内は電話してもちっとも出ない。
「何のためにスマホ持ってんだ」と怒ると、
「そんな小さな事どうでもいいじゃない」と開き直る。
だめだ、こいつは仕事できないや。

16／女性の力

最近男女平等とか、男女差別とかが問題になっているが、女性の日本の会社における社長比率は八パーセントらしい。

役員就任率も先進国ではおそらく最下位の方だろう。

私は保険会社に勤務していたので女性のすごさや能力の高さを認識している。

国内生保のセールスマンはほとんどが女性だ。しかもトップセールスマンは女性が多かった。

私は転勤で各地を転々としながら多くのトップセールスマンと一緒に仕事をしてきた。

そして、この人たちと勝負してもかなわないと悟った。

なぜなら、女性特有の細かな気配りは男性にはまねができないからだ。

これは神が女性に与えた能力だと思う。

また、子供を産み育てる女性の粘り強さや包容力は、男性を上回っている。

だから、もっともっと女性が活躍する場を提供すれば、必ずこの国にとってもいい結果をもたらすと思うのである。

家内とも「女性参画をもっと進めりゃいいのにね」と天下国家を論じながら晩酌する今日この頃である。

17／血液型

私の血液型はB型である。マイペース、わが道を行く、今日も元気だ御飯がうまい、目立つの大好き恥なし人間、と言うところか。

家内はO型で大雑把。しかし細かいところは非常に細かい。包容力があると言われている。

私が電気を点けっぱなしにしていると、すぐ消しに来る。「またどうせすぐ点けるからいいじゃないか」と言っても、「日本は資源がないからダメ」と手厳しい。

娘のところに遊びに行ったとき、私が歯を磨いていると、私はいつも水を出しっぱなしにして歯を磨くことが多いが、三歳の孫がやってきて「じいじ、水を出しっぱなしはダメ」と止めに来た。なんと、家内の教育が娘から孫にまで伝わっていたか、と感心したものだ。

家内とよく喧嘩もするが、翌日はケロッと何事もなかったかのように接してくる。

いったいどういう性格をしているのかわからない。

「お母さん、あんた変わってるね」と言うと、「人間、我以外皆変人」と言う。

18 銀座のママと熊本のママ

私には大学時代の仲のいい友達が七人いた。
卒業してもつき合いは続いた。
特に、定年後は集まって年一回旅行したりしていた。
私が仕事で東京に出張したとき、久しぶりに大塚君(仮名)と会って居酒屋で飲んだ。
七時半頃終わってそれぞれ引き上げることになった。
中途半端な時間だったので、私は誰か飲む相手はいないかと携帯の登録アドレスを探した。

確か十年前くらいに友人のベンチャー企業の社長に連れて行ってもらった、銀座のクラブの子の電話番号が目に入った。

ゴルフに行こうかくらいの約束はしたが、つき合ったこともなく、ただ美人だったというぐらいで、携帯番号の削除をしてなかっただけだった。

どうしてるかな、と思って電話をかけた。

もうとっくに削除されてつながらないと思ったが、一回呼び鈴が鳴ったらすぐ「太郎さんご無沙汰してます。お元気ですか」といきなり返事があった。

驚くというより、感動を覚えた。

十年も前に二～三回店に行っただけなのに、よくぞ私の番号を削除もしないで残しておいたものだと。

今、銀座のクラブのママをしているというので、待ち合わせてその店に行った。

どうせ場末の小さな店だろうと思って行ったら、なんと一階と地下に大きなフロアがありすごい高そうなクラブだった。

しかも、ホステスは、みんな粒ぞろいの美人ばかりで、いくら取られるんだろうと不安になった。

こんな大きな店のママになっているとは正直思わなかった。

一度会った客との縁をとぎらせないということか。

私は東京出張のたびにその店に行くことになった。

たった一本の電話で私の心は鷲づかみにされてしまった。

やっぱりできる女は違う。

地元熊本のスナックにもすごいママがいる。

かつて有名なキャバクラのナンバーワンホステスだった彼女は、スナックを開き、まめにメールをしてくる。それも店に来てほしいというメールではなく、近況報告だったり、今度こんなイベントをやりますとか、それとなくお客さんとの接点を持ち続けるようなそんなメールである。

例えば「三月スタート　卒業式シーズン。寂しい季節でもありますが、また新たなスタートに向け頑張りましょう〜」とこんな風なメールだ。

私は店の女の子に聞いた。「こういう店はホステスの入れ替わりが激しいでしょうね?」と。

すると、その子は「いえ、うちの店はほとんどやめません」と言う。

「えっ!　なんで?」

理由を聞くと、少し考えて「ママでしょうね」と言う。

「他の店だったら、こんなことくらいで、というような小さなことでも、ママはありがとう、と言ってくれるんです」

「いつも私たちのことを見てくれているんですよね」

「私ずっとママについて行きます」と言う。

これこそ一般企業でも通用する大事なことではないか。

いつも従業員に感謝し、お客さんに感謝し、そして働くことに生きがいを持って働いている。だから店が発展する。

「民富まずして国栄えず」という精神で、経営者が働けば会社もきっと発展していくだろう。

私は二人のママに教えられた。

こんな話を家内にすると、家内も感心していたが「お父さんの飲み代、毎月相当払ってるようだけど、少し減らして場末の花子ママ（家内）にも回してください」と言われた。

第六章　最近の話

父が高齢者住宅に入ってからは、夫婦二人で食事をする毎日である。

もしどちらかが先に逝ったら、一人で食事することになるから寂しいだろうな、と思う。

ましてや、毎日ああだったこうだったとおかしな話をしては笑い合う日々だから、なおさらだろう。そんな日々の面白い話である。

＊

1／カシミヤ

新聞にユニクロの折り込みチラシが入っていた。

「お母さんカシミヤのセーターが安くなってるよ。買いに行こうか？」

「うん、いいよ」

「お母さん、カシミヤってなんで暖かいの」と聞いた。

するると家内は「う……ん。カシミヤだからじゃない」と言う。

「……ん？」

2／ショーン・コネリー

ショーン・コネリーが二〇二〇年一〇月に亡くなった。テレビで追悼番組をやっていた。

家内は「007はやっぱりショーン・コネリーが一番だよ。あんなステキなかっこいい人いないわよ」と言う。そして私の顔をまじまじと見つめ「同じ人間とは思えない」と言う。比べるんじゃねー！

3／髪の毛

アートネイチャーだったかと思うが、「増やしたいのは笑顔です」とCMが流れていた。

私が、「増やしたいのは髪の毛です」と言うと、家内は「言っとくけどあなたがもてないのは髪の毛のせいではありませんから」と言う。

「ほっといてくれ」

4／エアコン

エアコンが動かない。電池が切れてるのかなと電池を替えても動かない。家内にコントローラを渡すと動き始めた。なんで！

「お父さんついに機械にも嫌われたか。かわいそうに」

確かに機械音痴だけど、それにしても腹が立つ。なんで俺がすると動かないんだ。

するとと家内は私に言う。

「お父さんもう大丈夫だよ。エアコンに言い聞かせておいたから」

「人を見て忖度しちゃいけないよ」って。

5／オッパイ

家内が朝起きてきてブラジャーをつけるとき、私は家内のオッパイを見て、「いかんいかん。オッパイが垂れてきてるよ」と言ったら、「そらあかんわ、もっともんでや、もっと吸うてや」と来た。

お前は大阪のおばちゃんか？

「お前貧乳、俺頻尿」と笑ったら、

「私の貧乳はあんたのせいでっせ」と言われてしまった。

6／結婚がリスク

最近やたらと地震が多い。

私たちは東京で東日本大震災に遭い、熊本に帰り熊本地震に遭った。

「お母さん、最近また地震が増えてきたからリスクマネジメントしておかないとだめだよ」

「例えば、寝るときはタンスの横には寝ないとかね。地震で倒れたらケガするでしょう」と言ったら、「わかってるわよ。それよりあなたと結婚したこと自体が私のリスクなのよ」だって。

「……？」

7／シェア

ある経済番組でベンチャー企業の社長が紹介されていた。そして社長と二人のスタッフが写っている写真が映し出された。一番左側が社長、真ん中に美人の女性、右側に男性スタッフ。

私が「この女どっちの女だろう」と言うと、家内は「何言ってんのよ、シェアしてんのよ」と言う。

なるほど。最近何でもシェアするのが流行ってるからな。

8／化粧水

家内が化粧水をつけている。

「それ効くの？」と聞いてみた。

「うん、肌がプルンプルンしてきた。あなたもつけてみたら？」と手に分けてくれた。

それを顔に塗ってしばらくして、家内が「あらぁ～、まずかったかな？　顔と頭の境目がわからなくなったね」だって。

いくら私がハゲてるからからってそれはないぜ。

9／カメレオン

女は化粧で変われるからいい。

「お母さんも化粧するとみられるね。でも、寝てる姿はカバがあくびしてるようだよ」と言うと、ただ一言。

「カメレオンに言われたくないわ」だって。

なんで俺がカメレオンなのよ。

10／健康食品

年を取ってからは子供たちに面倒をかけない、というのが私たち夫婦の考えである。

だから最後は二人で老人ホームに入ろうと決めている。

「お父さん、自分のことは自分でしないと子供はあなたの面倒見てくれないよ」

「いいよ、そのときはそのときよ。そのときは死ぬまでよ」と言うと、家内は「それが死なないのよね。いつ死んでもいいと言いながら、いつも食べてる健康食品は何なのよ」

11 探偵はキッチンにいる

どうして家内はサスペンスが嫌いかと言うと、すぐに犯人がわかってしまいつまらないからだそうだ。

私が何気なく見ていると「はいお父さん、今この人が言った言葉がとても重要よ。この何気ない一言を覚えておいて。犯人がわかるポイントだから」

「はい、この証拠品についてる植物やごみのかけらがポイントよ」などとうるさい。

先日、上川隆也が出ている番組でも、最後の方で私は犯人がわかりかけた。

だが、家内は「どっこい、そうじゃないよ。このどんぐりについてる血はＤＮＡ鑑定しても他人の血よ」

なんとその通り。もっと複雑に絡んだ事件だった。

「私、刑事になればよかったかな？　それとも名探偵？」と自慢げに言う。

「そうだね。鼻が低い割にはよく利くし、犯人探しもうまいから警察犬くらいにはなれたかもね」と言うと、

「いやいや、やっぱり探偵だね。大泉洋はバーにいたけど、私はキッチンにいる」

ぷっ。しゃれたことを言うもんだ。

12／芸名

コロナ禍。ステイホームですることがないので、かつて一世を風靡した綾小路きみまろのＤＶＤを買ってきて久しぶりに家内と一緒に見た。

やっぱり面白い。中高年には大人気だ。

「お父さんも面白いからお笑いタレントでデビューしたら」と言う。

「いや俺は無理だよ。この高貴な顔が邪魔してお笑いという感じじゃないでしょ」

「いやいや、もう芸名考えてあるから」と言う。

「なんだよ?」

「袋小路ハゲまろ。ピッタリじゃない」

人のことを何だと思ってんだ。

13 さんまのSUPERからくりTV

「さんまのSUPERからくりTV」をやっていた。
お年寄りが若い頃の自分に向けてメッセージを伝える「ご長寿ビデオレターー」の場面。
これを見ていた家内は突然、「おーい二十七歳の花ちゃーん(家内) 空港に送りに行くんじゃないよー」
私は四十一年前、見合いで熊本に帰ったとき、今の家内に強引に空港まで見送りに来てもらったのだった。
そんなに家内に苦労かけたかなー。
そういえば、プロポーズあの日にかえって断りたいとも言ってたなぁ。
これも第一生命の川柳じゃなかったっけ。

14／スマホ

家内のスマホの調子が悪いみたいだ。最近のスマホは入力しないで音声で検索などできるから便利だ。

「お父さんこのスマホ変だよ。さっき充電したばかりなのに、もう充電量四十七％になってる。これ絶対おかしいよ」と言って、スマホに向かって「お前バカか」と叫んでいる。

私はまだガラケーなのでスマホのことはわからん。

15 孫の結婚式

現在私が七十歳、家内が六十九歳。

「お母さん、孫が結婚するまでは長生きしないといけないね」と言うと、家内は「私は嫌だよ。誰がしわしわになって人前に出たいかよ。私は美しいうちに死にたいね」と言う。

もうとっくにしわしわなんだけど。

16／三冠王

保険に入ろうと思って病院に診査に行った。

するとと尿検査で糖が出ているではないか。

「糖尿病の治療されてますか？」と看護士が聞く。

「いえいえ、今まで糖が出たことは一度もないですよ」と言うと、「かなり出てますね」と言われた。

そういえば、昼食事して、甘いオレンジジュースを飲んで、それからカステラも食べて、三時頃に診査へ行ったのだった。

医者が言うには、食事のあと二時間後くらいが一番糖が出るらしい。

うちに帰って家内にその話をすると、「お父さん、気をつけないと、尿の三冠王になるよ」と言う。

「えっ、何それ」

「糖尿、頻尿、残尿の三冠王だよ」

ほんとに嬉しくない三冠王だ。

17／ムカデ

私の実家は熊本の片田舎で、もともと百姓を生業としていた。

周りは畑で、くもやムカデ、ヤモリなんかもときどき家の中に入ってくる。

この前なんか大きなムカデが出てきた。

「きゃぁー、わぁー、しっしっ、あっち行け。あっち行かないと天ぷらにして旦那に食わすよ」と言っている。

明日からの食卓が心配になってきた。

18／ヨーグルトパック

「お父さん、私の肌触ってごらん。ツルツルでしょ」

「やっぱりヨーグルトパックがいいのよ」

「このこと誰にも言っちゃだめよ」と言う。

自分だけきれいになりゃいいのかよ。

どこかの大統領だった人と一緒じゃないか。

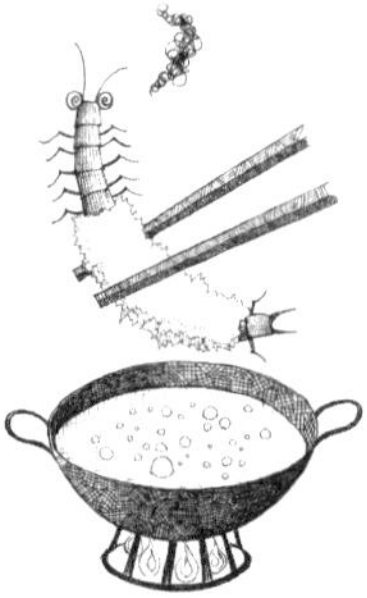

19／クギズケ

毎週日曜日の昼、「上沼・高田のクギズケ！」という上沼恵美子さんの番組がある。いつも家内とみて大爆笑である。

次から次に面白いことがポンポン出てくる。

もうここまでくると、天才の域を通り越して神の領域と思う。

私がもう少し若ければ弟子にしてほしいくらいだ。

この本を書いていて、なかなかネタがなく執筆が進まない。

「ああ。上沼さんにネタもらいたいなぁ」とつぶやいていると、「お父さん才能ないからね。とうとう神頼みか」と言う。

20／化粧の力

女性の美に対する願望は何歳になっても変わらないようだ。
この前も化粧の後、「うわー、化粧の力ってこわい」と言っている。
「ほんとに全然違う。こわいわ」
「女はいいね。化けれるから。でも化けてもその年じゃ誰も相手しないか」と言うと、
「熟女キャバクラで働こうかしら」なんて言っている。
熊本にばばあキャバクラはありませんから。

21／一度行ってみたら

古希にもなると、いつお迎えが来てもおかしくないかもしれない。

友達や会社の同僚たちもバタバタと倒れている。

私たちの時代は、企業戦士として仕事仕事の毎日で、家庭は家内にまかせっきり。休みの日も仕事で体を酷使してきた。

だから人生百年時代と言っても、団塊の世代の人間はそんなに長くは生きられないと思っている。

そんな話をしているときに、ふと家内に、「お母さんあの世っていいところらしいよ。みんな行ったきり帰ってこないところを見ると」と言うと、

「だから前から言ってるでしょ。一度行ってみたらって」

俺が帰ってこなくていいんかい。

22／夫婦円満の秘訣

夫婦円満の秘訣は、お互い思ったことを何でも言い合えることかもしれない。

生まれ育った環境が違い、考え方が違う男と女が一緒に暮らすんだから、途中喧嘩したり離婚したいと思うこともあるだろう。

でも、それを乗り越えればまた幸せな生活はきっとやってくると信じている。

たいてい男は、子育ては家内にまかせっきりで仕事仕事の毎日である。

私が行事で子供の学校に行ったのは、小学校の運動会の昼食時に弁当を食べに行ったことくらいである。

そういう時代だったのかもしれない。

よく別れないでついてきてくれたものだと感謝している。

最後に、家内はこう言った。

「私がモデルだから、本が売れたら印税は七対三ね」と。

「ばーか、本が売れたら若者やコロナで困窮している人たちのために寄付するんだよ」

おわりに

この本を書いていて、原稿も最終段階に入ったとき、誤って上書き保存したために、データが消えてしまった。

そのときはもう真っ青になり、心が折れてしまった。

色々やってみたが復元できない。

幸い三分の二はＵＳＢメモリーに保存していたので、何とかもう一度気持ちを奮い立たせ残り三分の一を書き上げ、日の目を見ることができた。

また、これが私の人生最後の仕事かもしれないと思うと、あれも書きたいこれも書きたいとなって、本題から外れてしまったところがあるかもしれない。

そこはご容赦いただきたい。

人生七十年も生きていると、いろいろな経験をしてきたので、若い方たちに少しは役に立つことがあるかもしれない。

そう思って読んでいただければ幸いである。

書いていて不安になってくることもあった。

ひょっとして、盛り上がっているのは私と家内だけではないだろうか。

読者が読んで、少しも面白くないという評価だったらどうしようと思ったのだ。

まあいいか。そのときはそのときだと開き直って、人生面白おかしく楽しく生きていけばいいやと。

これからの残り少ない人生を家内と笑いあって生きていくことにしよう。

これまで家内には苦労をかけたようだから、女房孝行をしながら余生を楽しんでいくことにする。

幸い仕事の方は優秀な後継者も見つかったので、徐々に引き継いで少しゆっくりした時間を作りたいと思っている。

最後に、この本の出版に当たり、幻冬舎ルネッサンス新社の中村朝子さん、立澤亜紀子さん、澤野仁美さん、前川優香さんにはいろいろとご指導いただきありがとうございました。イラストレーターの光家有作さんには素敵なイラストを描いていただきありがとうございました。厚くお礼申し上げます。

また、相田みつをさんの作品「うばい合えば足らぬ　わけ合えばあまる」という言葉の記載を許可いただきました相田みつを美術館館長の相田一人様、その橋渡しをしてくださった三和技研株式会社の近藤嘉造社長にも厚くお礼申し上げます。

一日も早くコロナが収束することを願ってやみません。

コロナなんかに負けないでほしい。

つらい時期を乗り越えた先には明るい未来がきっと待っている。

そう信じて筆をおくことにします。

癒し太郎

＜著者紹介＞
癒し太郎（いやしたろう）
1951年熊本県熊本市生まれ。
鹿児島大学を卒業後、財閥系生命保険会社に勤務。
60歳で定年退職し、保険代理店を立ち上げ、現在に至る。
趣味は旅行、ゴルフ。

JASRAC 出 2105640-101

うちのかみさん

2021年10月6日　第1刷発行

著　者　　癒し太郎
発行人　　久保田貴幸

発行元　　株式会社 幻冬舎メディアコンサルティング
〒151-0051　東京都渋谷区千駄ヶ谷4-9-7
電話　03-5411-6440（編集）

発売元　　株式会社 幻冬舎
〒151-0051　東京都渋谷区千駄ヶ谷4-9-7
電話　03-5411-6222（営業）

印刷・製本　シナジーコミュニケーションズ株式会社
装　丁　　小松清一

検印廃止

Printed in Japan
ISBN 978-4-344-93644-7 C0095
幻冬舎メディアコンサルティングHP
http://www.gentosha-mc.com/